बसंत के इंतजार में

पद्मासिंह

Ukiyoto Publishing

All global publishing rights are held by

Ukiyoto Publishing

Published in 2024

Content Copyright © पद्मासिंह

ISBN 9789362692641

All rights reserved.
No part of this publication may be reproduced,
transmitted, or stored in a retrieval system, in any
form by any means, electronic, mechanical,
photocopying, recording or otherwise, without the
prior permission of the publisher.

The moral rights of the author have been asserted.

This is a work of fiction. Names, characters, businesses, places, events, locales, and incidents are either the products of the author's imagination or used in a fictitious manner. Any resemblance to actual persons, living or dead, or actual events is purely coincidental.

This book is sold subject to the condition that it shall not by way of trade or otherwise, be lent, resold, hired out or otherwise circulated, without the publisher's prior consent, in any form of binding or cover other than that in which it is published.

www.ukiyoto.com

समर्पण

मेरे
माता-पिता
और
गुरु
को
समर्पित

डॉ अशोक सचदेवा की कलम से

डॉ. पद्मा सिंह एक प्रसिद्ध और व्यापक रूप से प्रशंसित हिंदी कवि हैं। उनकी कविताएँ प्रतिष्ठित भारतीय साहित्यिक और अकादमिक पत्रिकाओं में प्रकाशित हुई हैं.

मैं 1994 से उनकी कविताएँ सुनता और पढ़ता आ रहा हूँ, और उन्होंने अपनी भावनात्मक शक्ति और विचारों की ताज़गी से मुझे आकर्षित किया है। मैं विशेष रूप से उस तरह के प्रतीकवाद, कल्पना, रूपकों और सूक्तियों से आश्चर्यचकित हूं, जिनका उपयोग उन्होंने अपनी कविता में किया है। यह सह-स्थानिक शैली और शब्दों का आकर्षक संयोजन है जो उनकी कविताओं में बहुत अधिक भावनात्मक शक्ति लाता है और ताजगी भर देता है। अग्रभूमिगत विशेषताएं और विचलन का उपयोग उनकी कविताओं की समृद्धि में योगदान देता है। इससे उनकी कविता को एक विशिष्ट शैली मिलती है। कविता की एक और महत्वपूर्ण विशेषता मन-प्रकृति का परिदृश्य है जो पूर्ण अभिव्यक्ति पाता है।

डॉ अशोक सचदेवा

प्राध्यापक, इंदौर

Prof Dr. Gerald Cupchik on the Poetry of Padma Singh:

Dr. Padma Singh's poems are honest and revealing, reflecting an act of emotional liberation. They embody the painful experiences of all women who have been abused, Indian or otherwise. One might place them within the broader category of confessional poetry, exploring hidden themes in a traditional society.

They are not mere narratives but capture the voice of deeply felt emotions. She is a role model to other women.

These poems are a gift of honesty, a call to action. They reflect the promise, premise, and potential whereby a successful scholar adopts the mantle of authenticity, calling on women to liberate themselves and share the stories of hidden pain.

Let us help her announce to others that pain need not be silent and that men must be held accountable in traditional society so they cannot hide behind a history of abuse. With the help of a poet we, as men, can foster liberation.

I hope her poetry will not languish on the shelf of history!

This is Action Poetry at its best.

Gerald Cupchik
Professor of Psychological Aesthetics, University of Toronto

कविता क्रम

आमुख	1
अपनी बात	3
"शब्द की हथेलियों में"	6
लकीरें	8
"उम्मीदों का शिल्पी"	10
"उतरेंगे सफेद कबूतर"	12
"मेरी वसीयत"	14
"सब कुछ मिट जाने के बाद"	17
"चिड़िया होने की बात"	19
"तुम मेरी सुबह थीं"	21
"पिता के लिए"	24
"गुजरती सदी का विलाप"	26
"तिज़ारत"	28
"जो मैं नहीं हूं"	31
"खतरा नहीं उठाता कोई"	34
"प्राण कौन फूंकेगा"	37
"आकाश और समुद्र छिपाए है सीने में मां"	40
"मैं तुम्हारी बेटी हूँ माँ सिर्फ भ्रूण नहीं!"	42
"माँ"	45
"आँख की पुतली"	47
"खुशबुओं के बीच"	49

"गुम हो गए फिर"	51
"द्वार के उस पार"	53
"अपनी जमीन की तलाश में"	55
"पोस्टर"	58
"लिखे जाने तक"	61
"पहाड़ धरती नहीं हो सकता"	65
"कोखजायी"	67
"पत्थर होने का शाप"	71
"बसंत के इंतजार में"	73
"सिर्फ राख के रंग का नहीं होता आसमान"	75
"दीवार हूं मैं"	77
"धोखा"	79
"अधिकार"	81
"उम्र के खरगोश होते दिन"	83
"निगलने लगता है शून्य जब"	85
"हाशिये पर टिकी है कायनात"	88
"तुम्हारी याद"	91
"धारदार वक्त"	93
"बना सकते हैं पुल"	96
"गुलमोहर"	98
"जरा सी गफलत में छिटकता सुख"	100
"छोटी सी आरजू"	102
"उस वक्त के इंतजार में"	105

"अपनी अपनी सलीबें"	108
"धरती से आसमान तक बिखरती औरत"	111
"ईर्ष्या"	114
"साज़िश"	116
"चट्टान बनने तक खड़े रहना है उसे"	118
"करतबबाज"	120
"बस अब और नहीं"	122
"अनवरत फेंके जाने का दर्द"	125
"हँसती हैं तस्वीरें"	128
"परछाइयों का दरख्त"	130
"नीड"	133
"अलविदा अंधेरा"	134
" चुप्पी की चीख"	136
पद्मासिंह का संक्षिप्त परिचय	139

आमुख

आदरणीय चंद्रकांत देवताले जी ने मेरी कविताओं के लिए अपने हाथ से लिख कर मुझे जो आशीर्वचन दिये थे उन्हे शामिल कर उनके प्रति कृतज्ञता व्यक्त करती हूं।

"यद्यपि इन कविताओं का स्वर और अनुभव संसार प्रचलित में नारीवादी नहीं है, इसके बावजूद ये स्त्री होने की नियति के तीव्र एहसास से उत्प्रेरित रचनाएं हैं।स्मृतियों की बंद और खुलती मुट्ठी के बीच पदमा सिंह एेसे शोकगीत की सिंफनी रचती हैं जिसमें धरती और आसमान के बीच बिखरती और फेंकी जा रही, जिंदगी भर दर्द गाती औरतों की आवाजें हैं !बेटी के लिए मां की कई करुण स्मृतियां हैं तो पिता की खोज के बाद खुद का ऐसी मां के रूप में रूपांतरण है जो जमाने की बुरी नजर और पहाड़ होती बेटियों को एक साथ देखती है। इन कविताओं में फुसफुसाती नितांत अकेलेपन की बात चिड़िया होने की तरह है तो मुखर स्वर भी हैं जो षड़यंत्रों की भाषा और इरादों को भांपता उजागर करता है। भीतरी और बाहरी सच्चाइयों को बेधक दृष्टि से कुरेदने की कोशिश में ये कविताएं समुद्र, पहाड़, आसमान, नदी, पेड़ पौधों, वनस्पति जगत सहित पशुओं, जीव जंतुओं और परिंदों को भी

शिद्दत के साथ अपने में शामिल करती हैं। पत्थर होने के शाप की तमाम चीखों और वजूद के तलाश की कठिन स्थितियों के साथ ही इन कविताओं में बसंत की प्रतीक्षा और रागात्मक धूप छांह का खेल भी है जो सपने देखने की जुर्रत का ही दूसरा पहलू है। पाठकों को इन कविताओं में स्त्री लेखन की वैसी आवाज सुनाई देगी जो मकड़जाल के महीन तिलस्म का भाष्य रचते हुए उसे ध्वस्त करने का सपना देखती है।"

-चंद्रकांत देवताले

अपनी बात

हमारे चारों ओर इतना कुछ बिखरा है कि उसे समेटने और महसूस करने के लिए सिर्फ एक जन्म ही काफी नहीं है। जीवन का हर क्षण विशिष्ट है। इसे स्वीकार कर ,स्वयं से ऊपर उठकर प्रत्येक पदार्थ की खोज में ही जीवन का सत्य छिपा है। ईश्वर ही हमारे भीतर पंचतत्वों के रूप में विद्यमान है। धरती की स्थिरता ,आकाश की विशालता ,वायु की सूक्ष्म भाव स्पर्श क्षमता ,जल की तरलता व रसमयता और अग्नि का तेज अथवा प्राण शक्ति सभी का मिश्रित स्वरूप है हमारा यह शरीर ।प्रकृति से हमें जीवनी शक्ति मिलती है। यही हमारी सच्ची मित्र है ,जो पीड़ा और आनंद के भीतर के सत्य से हमारा साक्षात्कार कराती है और हमें जिंदगी से प्यार करना सिखाती है। फूल नहीं जानता कि वह क्या है ,हवा उसे बताती है ।इसी तरह मनुष्य क्या है ,यह उसे विषम परिस्थितियाँ बताती हैं ।

आज आदमी का विश्वास खंडित हो गया है ।अगर कोई मुस्कुराता है तो मन आशंकित होता है ।ना खुशी खुश कर पाती, ना दर्द चैन लेने देता ।कोई विश्वास से नहीं कह सकता कि यह जिंदगी मेरी है और मैं बहुत खुश हूं। रिश्तो में बर्फ ही बर्फ है और

हाथ नरम गरम नहीं ठंडे और सख्त हो गए हैं ।संबंधों को भुनाना हमारी आदत बन गई है ।अब प्यार को पागलपन और इंसानियत को बेवकूफी समझा जाने लगा है ।यह कानों को फाड़ने वाली आवाज़ें, हथियारों की विचित्र पैंतरेबाजी ,भीड़ का अंधा जुनून, धर्म पर विकृत प्रहार, हत्या, लूटमार .....कोई नहीं बता सकता कि हम इतने वहशी क्यों हो गए हैं ?आजाद देश की खुली हवा हमें रास नहीं आई ।हमने आजादी को ही धार बनाकर देश के चिथड़े करने में जरा भी शर्मिंदगी महसूस नहीं की ।अपनी शस्य श्यामला धरती पर नफरत के बीज बोकर हम किस फसल को काटने की उम्मीद कर रहे हैं ?अतीत और भविष्य की गहराइयों में गोते लगाते हम वर्तमान को भी दुखद अतीत में बदल रहे हैं ।हम भूल गए कि सुख उसमें है जो हमारी पहुंच के भीतर है और उसी को हमें सहेजना है ।आज हर आदमी सिकुड़ सा गया है ।हम समय की मुट्ठी में कैद कर, धर्म, संस्कृति और समाज को अपनी शर्तों पर चला कर, न जाने किस इतिहास की रचना करना चाहते हैं?अब हवा इतनी जहरीली हो गई है कि सांस लेने में ही हमारी सारी शक्ति चुक जाती है ।इन सब का दोष हम दूसरों के सिर मढ़कर खुद को निर्दोष साबित करने के प्रयत्न में हम अपनी ही नजरों में गिर गए हैं ।ऐसी अनेक बातें हैं जो मेरा मन खुद से ही करता रहता है ।मन की थाह कोई नहीं पा सकता। कोई क्षण उसे उठा देता है ,तो कोई बहुत नीचे गिरा देता है। एक आग है जो लगातार मेरे भीतर सुलगती रहती है ।होठों पर शब्द आकर ठिठक जाते हैं। क्योंकि

शब्दों में जो प्रश्न तैर रहे हैं, उनके ठीक-ठाक अर्थ किसी के पास नहीं है।एक जड़ता सी घेर लेती है और हवा में शून्य ही शून्य तैरने लगते हैं।धरती से आसमान तक सन्नाटा सा भर गया है शब्दों में और अक्षर नदी की लहरों जैसे झिलमिलाते रहते हैं आंखों को चौंधियाते। समय की गति इतनी तीव्र है कि हम उसे पकड़ ही नहीं पाते । फिर कैसे उगेंगे सपनों के पेड़ और आशा का पंछी किस टहनी से मधुर रागिनी छेड़ेगा ?ऐसे विकट समय में ईश्वर ही हमें शक्ति देता है ,प्रेरित के करता है और हमारी आत्मा को सुगंध से भर देता है।उसके कितने ही रूप है ,मगर जो हमारे भीतर बसता है ; उसका ना कोई नाम है ,ना आकार। एक ऐसा आभास है जिसमें हमारा "मैं "खो जाता है। जिसने उस शक्ति को महसूस कर लिया ,उसके जीवन में सुख दुख की पहचान के अर्थ ही बदल जाते हैं । वही है मेरा प्रेरणा पुँज !मेरा ईश्वर !मेरी शक्ति!

यह काव्य संग्रह जिसे प्रकाशित कराने में आदरणीय डॉ.अशोक सचदेवा जी का अविस्मरणीय योगदान है।मैं सदैव आपकी कृतज्ञ रहूंगी।

पद्मासिंह

"शब्द की हथेलियों में"

बड़ा मुश्किल होता है

खुद को व्यक्त करना

या कि अपने भीतर उगते

निशानों को नाम देना

हम थकने लगे हैं

खुद से

बार-बार रोना रोते

असमर्थता का

फँस जाते हैं

दम घोंटू सुरंग में

खोजते हैं सत्य

सारे अंदाजे झुठलाता वह

दिखाई देता है चौराहे पर

अलग-अलग शक्लों में

फिर धुएं में तब्दील होकर

ओझल हो जाता है
अनंत विस्तार में
एक दिन झरेगा वह
अमृत बन कर
शब्द की हथेलियां में

लकीरें

खाली पन्ने पर
मैं लिखती हूं
खारे पानी की
बेस्वाद और ठहरी सी
चंद इबारतें
जिस्म के कँपकँपाने को
जाड़े के मौसम का असर
कहकर
थपकती हूं
सवालों को
लाल रोशनाई से
रंग दिए हैं मैंने
दरो दीवार
फिर भी
खाली और बेजान हैं

उखड़े प्लास्टर की
खस्ता दीवारें
मैं खुरच रही हूं
आत्मा की परतें
खींच रही हूं बेलौस
लकीरें ही लकीरें!

"उम्मीदों का शिल्पी"

प्रस्तर प्रतिमाएँ

टूट रही हैं

दिन के उजाले में

जिन्हें टांग दिया था रात

भेड़ियों ने

आसमान में

बेखौफ़

आत्माएं उड़ रही है

बादलों के आर पार

चिड़ियाँ फिर गाने लगी हैं

वे ही पुराने गीत

मुट्ठी भर फूलों के

रोशनी की टहनी पर

धरती को गुदगुदाते

पत्थरों को फोड़कर

उठ खड़े हुए हैं

बीज

फिर उठा लिया हथौड़ा

उम्मीदों के शिल्पी ने

तराशने

सुबह की मीनार

"उतरेंगे सफेद कबूतर"

अपने खालीपन और दर्द की लकीरों से

मैंने बनाई थीं

कुछ आकृतियाँ

तुमने
उनके बदनुमा रंगों पर

जमकर बहस की

और कहा

तल्खियों और उदासी के सिवा

क्या कुछ भी बाकी नहीं रहा

दुनिया में

तुम सोचते हो

गूंगी परछाइयों ने जकड़ा है मुझे

फूलों के होठों से भी

उदास गजलें ही सुनाई देती हैं

मगर ऐसा नहीं है मेरे अजीज
वाकई बहुत खूबसूरत है दुनियाँ
अगर
खेतों के किनारे
मीलों तक सफर किया जाए
बे मतलब
दूधिया झरनों से
बेखौफ
खुशी के जाम पिए जाएँ
थिरकते रहें पाँव
दिन और रात के खौफनाक मंजर भुलाकर
सचमुच ये दुनियाँ
पीढियों का बोझ उतार देगी
जब
खोदेगा बच्चा
दूध की नहर
और आकाश के आंगन में
उतरेंगे सफेद कबूतर

"मेरी वसीयत"

जो खा रहे हैं नोंच नोंच कर
आत्माएँ
दफ़ना रहे हैं रोशनी
उनके ही नाम है
मेरी वसीयत!

यातनाओं की लंबी फेहरिस्त और
आसमान की आंख से टपकता इंतजार
उनके हिस्से में है
जो धरती को बाँझ बनाकर
गढ़ रहे हैं रिश्तों की सलीबें!
कच्चे हरे पेड़ों को
दहशत के भट्टी में झौंकते
सूरज पर कीचड़ उछालते

पैशाचिक हंँसी हंसने वालो

मेरी तमाम रुसवाईयांँ

तुम्हारे ही नाम है !

यह मत समझना कि

तुम्हारा पहाड़ों पर चढ़ना

सुखा देगा समुद्रों को

अंधेरी सुरंगों में रेंगती

मकड़ियों की विरासत

तुम्हें नींद भर सोने नहीं देगी !

झरनों की हँसी चुराकर

तुमने गुज़ार दी पूरी सदी !

तुम्हारी आँखों से

लहू बनकर टपकेगी

गौरैया की चीख़!

मेरे प्यासे हिरण की

छलछलाती आंखों से

निकलेगी एक नदी

टूटेंगे मुर्दा सितारे

एक-एक कर !

तुम्हारी शिकस्त

और बदगुमानियों के फफोले

एक दिन फूटेंगे इसी तरह

फिर भी

हमेशा की तरह

सृजनरत रहेगी

मेरी धरती

सूरज के साथ!

"सब कुछ मिट जाने के बाद"

आसमान लाल है
पानी की परछाई से
नदियों में खौलने लगा है लहू
धंस गई है आरियाँ
पेड़ों में
उल्टे उड़ रहे हैं बाज़
वे काट रहे हैं
हवा की खामोशी

नजर नहीं आती
निखरी धुली धरती
ढक गई हैं धुएँ से दिशाएंँ

कवायद करने लगे हैं गिरगिट

बंजर खेतों में दम तोड़ रहे हैं
चूहे
चट्टानों के दैत्यों ने
फिर अंगड़ाई ली है
मुर्दों की चहल कदमी बढ़ती ही जा रही है

कितनी सदियां गुजर गईं
इसी तरह

सब कुछ खत्म होने के बाद भी
फूटेगा अंकुर
सूरज की आत्मा से
रचेगा स्वर्ग फिर से
धरती पर

पद्मासिंह

"चिड़िया होने की बात"

उस नर्म नाजुक टहनी पर

आ बैठी एक दिन

वह
नन्ही काली चिड़िया

फिर रोज आती

खिड़की से सटी

घनी लतरों वाली

सुर्ख फूलों से लदी टहनी

और फूलों में मगन

नन्ही काली चिड़िया

टहनी से बना

नेह नाता

चिड़िया कभी नहीं भूलेगी

कल

कोई मजबूत टहनी होगी

चिड़िया का घर होगा

फिर भी

सुर्ख फूलों की बात

चिड़िया की अपनी होगी

नितांत अकेलेपन की बात

चिड़िया होने की बात

"तुम मेरी सुबह थीं"

झुटपुटेअंधेरे में जब खुलती थी आंँख
चक्की की तेज रफ्तार
गूंजती प्रभाती सी
चीरती सन्नाटा
ठिठुरती सर्दियों में

आंखें मूंदे ही पहुंच जाती मैं
जहां अनाज पीसती मांँ
अपने गीतों का शहद घोल रही होती
चक्की के पाटों में

जागते कई बचकाने सवाल

क्या ठंड नहीं लगती मांँ को

और क्या नींद भी नहीं आती?

मां दुलारती आंखों की हंँसी से
रख लेती मेरा सर गोद में
चक्की और मांँ की सधी आवाज
बहने लगती ठंडी बायार सी
मैं फिर डूब जाती नींद में

पेड़ खड़े रहते निश्चल
पंछी नींद में गाफिल
दुबककर पंखों में
खोए रहते सपनों में

घने कोहरे और ओस से
कँपकँपाती रहती धरती
मां जुट जाती रसोई में
सुलगता चूल्हा चमकने लगता दीवार पर

धीरे-धीरे बनने लगती आकृतियांँ

रोशनी भरने लगती रंग

हरा नीला और धूसर

चिड़िया उड़ने लगती आसमान में

जाग जाते आंँगन

रास्ते

खेत खलिहान

और नदी के घाट

रोशनी तो अब भी आती है

छन छन कर

रसोई की खिड़की से

अलबत्ता

मेरे घर का रास्ता भूल गई है

सुबह

"पिता के लिए"

ओ समुद्र!!
तुझे पहले पहल देखा था
उसकी आँखों में

मैने हँसना सीखा था
झूलते
उसकी बाहों में

मैं ढूंढ रही हूं तुझमें
उसी पिता को
जो खो गया है
तेरी खामोशी में

ओ आकाश !!
सांझ ढले
मैं खोजती हूं तुझमें
चेहरा पिता का
सीने पर सर रखकर जिसके

लेती थी हिचकियाँ
उसने मुझे सिखाया था
उड़ना
वह मेरा आसमान था

छाया नहीं है कहीं
पेड़ सब ठूंठ हो गए हैं
तार तार है आंचल धरती का
वह भी मुझे छुपा नहीं सकती
धूप से
हवाओं ने धकेला है मुझे
सलाखों के पार

ओ आकाश!!
ओ समुद्र!!

मैं नहीं बन सकी चट्टान
लौटा दो
मुझे
मेरा पिता!!

"गुजरती सदी का विलाप"

मैंने जब होश संभाला

खुद को

अलग-अलग कंधों पर चढ़ा पाया

अंदाजा नहीं था

अपने पैरों की ताकत का!

टिकेंगे नहीं मेरे पैर

जमीन पर

गहरा जाएंगे संकट के बादल

मेरे अस्तित्व पर

ऐसे किसी कोशिश में

समझा दिया गया था

वक्त बेवक्त यह भी कि

जब

मौजूद हों कंधे

उठाने को
जमीन पर नजरें गड़ाना
कायदे के खिलाफ है !
मैं तरसती रही
लोटपोट होने धूल में
पहाड़ पर चढ़ने
ठंडी नदी में हिलते
चांद को छूने के लिए !
धीरे धीरे कंधों का सर
धंस गया पेट में
भयमुक्त है अब
शीर्षक विहीन कंधे
पहचाने जाने के
खतरे से!

"तिज़ारत"

सपने बेचने वाले,
कम नहीं हैं मुल्क में !!
खरीदने वाले,
और भी ज्यादह !!
अगर नहीं होते खरीदार,
स्वप्नों के;
आवाजों में तल्खी नहीं होती !!
पहाड़ों में सुराख़ नहीं होते !!
समंदर प्यासा नहीं मरता !!
और आसमान नहीं होता,
धुँए से स्याह !!
प्रेम ,उम्मीदों
और खुशबुओं के सपने !!
दिन को रात,

और रात को,

दिन में बदलने वाले सपने,

खूब बिकते हैं !!

आँखों में तैरते हैं,

बादलों की तरह !

फिर पिघलती हुई,

सिसकियाँ में घुलकर,

बह जाते हैं,

किसी बेपर्दा रात में !!

जिन्हे फुरसत नहीं है,

सितारों की सरगोशियाँ

सुनने की,

और धूप से

जान पहचान करने का

सलीका नहीं है !

उनकी ही जेबों में ठुसे हुए हैं,

शब्दों के हिज्जे,

और उनकी ठसक !!

मृत संवादों में ,

कुरेदना आग,

लोहे के पर्वत से ,

दूध की नदी खोदना है !!

चूहे कुतर रहे हैं,

सपनों की पहचान !!

मैंने खटखटाए

कुटियों के द्वार !!

किसी चमत्कार की आशा में,

भटकती रही बीहडों में ,

चिड़िया सी !!

खोदता रही बंजर धरती !!

मगर ...

सूरज मरता रहा ,

पड़ाव दर पड़ाव ,

रोशनी के बहाने !!

पद्मासिंह

"जो मैं नहीं हूं"

जो मैं नहीं हूं
और हो भी नहीं सकती
इस जन्म में
वही सब होने की चाहत
ले जाती है सपनों में
नींद में डूबते ही अक्सर
हो जाती हूं
पेड़
बरसती फुहारों के बावजूद
झुलस गए जिसके पत्ते
फुसफुसाहट हवा की
डराती है
मैं उड़ती हूं घरों के ऊपर
धरती से उगते हैं

लंबे खौफनाक पंजे
जो बदल जाते हैं
हथियारों में
कुटिलता से हँसता है
सन्नाटा
छा जाता है हर तरफ
धुआं ही धुआं
मैं पिघलने लगती हूं
बर्फ सी
फिसल कर गिरती हूं
पहाड़ से
मगर सूरज नहीं होता
आसपास
बहती हूं मैदानों की दिशा में
मुझसे बहुत दूर होता है
समुद्र
और ठंडी हवा का झोंका

दबे पांव

आ खड़ी होती है

आख़िरी हिचकी

मैं हो सकती हूं

अब

ख़ुशबू

फूटते बीजों की

"खतरा नहीं उठाता कोई"

हँसने का तो कोई

बहाना ही नहीं बचा !!

मुस्कुराया भी नहीं जा सकता !!

रोया भी नहीं जाता!!

जमाना है ,

पत्थर बन जाने का !!

अब ,

हिलने डुलने का

खतरा नहीं उठाता ,

कोई !!

पलकें झपकाना मना है !!

हथेलियों की रेखाएँ,

कोई नहीं पढ़ पाता !!

नहीं जानता कोई भविष्यवेत्ता,

कब बदल जाए,

मौसम का मिज़ाज !!

एक रंगीन सपना बुना जा रहा है !!

शेष है अभी,

रंग भरना !!

पहाड़,

रेगिस्तान,

और खाइयाँ,

जंगल,

समुद्र,

और आदमखोर !!

आपस में उलझ गई हैं,

आकृतियाँ !!

पहचानने और

ना पहचानने के बीच,

मशक्कत करते हाथों में,

बची रह जाती है,

रेत की कुछ नमी !!
समुद्र में उतरने का,
खतरा नहीं उठाता ,
कोई !!

"प्राण कौन फूंकेगा"

पद्माſिंह

एक सन्नाटा पसरा है

टहनियों पर

आशंका से कांपते

सिहरते भय से

अवाक हैं पत्ते

वे इंतजार कर रहे हैं

हवा का

गुनगुनाएगी अभी

नदी का गीत

किनारे उदास हैं

वे देख रहे हैं

मछलियों का डूबना उतरना

काँखते पानी की आवाज से

धड़क रही है

आसमान की छाती

समवेत स्वर में चीख रहे हैं

कौवे

बीच जंगल में

आमरण अनशन कर रहे हैं

गूंगे

बज रही है लाठियांँ

अदृश्य हाथों की

हवा में हिल रहे हैं

मूठदार चाकू

हवा संभावनाओं को धकेलती

नकारती

फिर चढ़ गई है पहाड़ पर

शंख बटोरती लड़की

अभी-अभी उड़ गई है

तब्दील होकर चिड़िया में

शंख पुकार रहे हैं

चिड़िया को
प्राण कौन फूँकेगा

"आकाश और समुद्र छिपाए है सीने में मां"

धरती की बात करते हैं
हम तुम
मां◌ँ याद आती है
सिमटा रहता है सुख
माँ के इर्द गिर्द
बिखरा रहता है
उल्लास कण-कण
खेतों नदियों पहाड़ों
और रेतीले मैदानों पर
वही सुख
मां की छाती पर सर रखकर चैन से सोते
बचपन का सुख

धरती की तरह
दरारों में बँटने का
दर्द सहती है

माँ
तभी तो
वे अक्सर खो जाती हैं
एक दूसरे में

जब भौंथरे होने लगते हैं
तर्कों के हथियार
और
आसमान के रंग ओझल
समा जाते हैं
एक साथ
आकाश और समुद्र
माँ की गरम हथेलियों में

"मैं तुम्हारी बेटी हूँ माँ सिर्फ भ्रूण नहीं!"

दवाओं की जहरीली गँध

और

ठंडे सफेद औजार

मुझे डर लग रहा है

माँ!

मैं चीखना चाहती हूँ!

मैं जानती हूँ

तुम्हे

मेरी जरूरत नहीं है!

मगर

यह भी तो सच है न

माँ

कि बेटी की शिराओं में

रक्त नहीं

प्यार बहता है!

जैसे तुम्हारी साँसों में

तुम्हारी माँ की खुश्बू

मेरी दुनियाँ

अभी

बहुत छोटी है माँ!

मुझे ढूंढ ही लेंगे

शिकारी पंजे

मैंने तो अभी

देखा ही नहीं

समुद्र और आसमान

हवा

कैसी होती है माँ?

और कैसी होती है

ख़ुशबू

तुम्हारी देहगँध से अलग होकर

मैं बिखर जाऊँगी

माँ!

क्या सचमुच

मैं तुमसे दूर चली जाऊँगी?

मैं जीना चाहती हूँ माँ

तुम्हारी ममता की

आखिरी उम्मीद पर.

"माँ"

जो नहीं कह पाई
शब्दों में
वो सब कहा माँ ने
अलग अलग
नजर से
फूलों का हँसना
ओस का झिलमिलाना
और पोर पोर सेंकती
धूप का
सहला जाना
मैंने जाना
मांँ की नजर से
खुरदुरी हथेलियों से
रोटी पकाती
फर्श धोती

अगरबत्ती सुलगाती

मांँ

यादों की मुट्ठी में

बंद है

बचपन की

सबसे खूबसूरत सीपी

"आँख की पुतली"

टहनी पर खिली

पहली कली

विस्मय से भर उठीं

पिता की आंखें

और भर गई मां की छाती !

खिले फूल सी लड़की

आंखों की ओट करते

डरता है मन

जमाने की बुरी नजर से

बचाने के टोटके करती

फड़कती रहती है आंँख!

हवा सी दुलारती मांँ

बेटी को देखती है

आसपास

दिन दोपहरी साँझ!

फिर एक दिन
बेटी लगने लगती है
पहाड़ सी
कलेजे पर पत्थर रख
सौंप दी जाती है
अनजान हाथों में!
फिर
उतर आती है खामोशी
पिता की छाती में
और छलछलाहट
माँ की चुप्पी में!
पराए घर आंगन
चली जाती है बेटी
बांधकर आंचल में
आंगन की हँसी
पीठ पर फेंक कर
चाबी सन्नाटे की!

पद्माासिंह

"खुशबुओं के बीच"

गूंगे होते हैं

फरिश्ते
मोहब्बत के

चुपके से आते हैं

छिड़क जाते हैं

खुशबू

सुनाई नहीं देती

पदचाप उनकी

पता चलता है

जब वे लौट जाते हैं

तैरती रहती है

खुशबू
बौराया मन

भटकता है

काँपती पत्तियों और कभी
चांद की छाती में
चमकते त्रिकोण पर
उजली हंसी से
भर देते हैं
आसमान का सूनापन
फरिश्ते मोहब्बत के

"गुम हो गए फिर"

तुम्हारी आंखों ने

शब्दों के बिना ही बहाई

प्यास से व्याकुल

एक नदी

बुन रही थी रात जब

खामोशी
नींद का सपना बुना था मैंने

मेरे भीतर चीख रहा था

समुद्र
लिपटा था तन से

ठंडी रात का

थराथराता वजूद

रेत पर धुँए की परछाई सा

चांदनी की दूधिया जाजम पर

मौलश्री की छाया में
ठिठके थे तुम
पल भर
गुम हो गए फिर
चिड़िया की आवाज बन कर.

"द्वार के उस पार"

आओगे तुम

आज

मुझे प्रतीक्षा है

तुम्हारी

सामने है

मृत्युद्वार!

थामोगे मेरी बाँह

द्वार के उस पार!

नहीं है वहां

धुँए की तस्वीर

जीवन की खामोशी भी

नहीं!

उजाले की राह!

इस छोर से

उस छोर तक
एक ओर सफर
तुम्हारे साथ
द्वार के उस पार!

"अपनी जमीन की तलाश में"

एक पूरी सदी

लम्बी लड़ाई लड़कर भी

बना नहीं पाई कोई ठौर

जो कोटर से ज्यादा निरापद होता

बीते समय को पलट कर देखना

उसे कभी नहीं भाया

तब भी नहीं

जब रेखाएँ खींचकर

दायरे बनाए जाते थे

और उसे

कटघरे में खड़ा किया जाता था

जब उसने

खुली हवा में

अपने परों को तौलना चाहा

या फिर कोशिश की

आंख भर कर आसमान देखने की

उसे सुला दिया गया

सोने के ताबूत में

फूलों पर सोई ओस को

पलकों पर सजाने का

सपना पालना

उसके जुर्म का

पक्का सबूत था

जब वह नदी बनकर बहने लगी

हवा में औंधे लटके बिषधर

उसके प्रवाह में

उगलने लगे हलाहल

जंगल के हर बाशिंदे ने

आजमाए अपने शस्त्र

उसकी नरम हथेलियों पर

अगर वह जानती

कि उसकी अपनी अमृत संताने

लिख देंगीं उसके ही माथे पर

गुलामी का दस्तावेज

वह कभी नहीं भरती आग

अपने जिगर में

और बारंबार नहीं उतरती

मौत की घाटियों में

रेत के समंदर में

वह बिछी रही

एक स्याह लकीर सी

नखलिस्तान बन कर

बुझाती रही प्यास

उस मरते हुए मुसाफिर की

वह बांटती रही जिन्दगी

आत्मा को खुरच कर.

"पोस्टर"

शहर मुर्दा है
जागेगा नहीं
जारी है सांसो का सफर
बदस्तूर !
गीतों में गर्मी नहीं है
किलकारियों की ठुनक भी नहीं
कि जुंबिश हो जरा सी
पत्थर के होठों पर
और छलक आएँ आँखें
बुतों की !
मौजूद है हर कहीं
भीड़
बाकायदा उछाले जाते हैं
तेजाबी जुमले हवा में

मगर सनसनाहट कहीं नहीं होती !

झुकी हैं गर्दनें चूहों की

कमी नहीं है

फर्शी सलाम बजाने वालों की !

सिंहासन खाली है

फिर भी

तिलस्मी हंसी की

आवाज आती है

जिरह बख्तर से लैस

कतारबद्ध हैं

सिपहसालार !

शहर में

सुगबुगाहट होते ही

वे पहुंच जाते हैं

पोस्टर लेकर

और चस्पां कर देते हैं

हर गली कूचे में !

दीवारों पर!

स्कूलों में!

कुत्ते बिल्लियों और

मुर्दा गाड़ियों पर!

वे कभी नहीं कहेंगे

कि हमने ही उड़ा दिया है

कफ़न

शहर को!

पद्मासिंह

"लिखे जाने तक"

अब नहीं मिलते शब्द
जिनमें भरी हो आग
या रोशनी

मैं दीवानावार टकराती हूं सिर
उस आसमान से
जिसके पास कोई सूरज नहीं
ना ही सफेदी का चौंधियाता उजाला
उबलता आग का दरिया
कैसे हहराता चला आता है
निगलने
शेष रही कुछ हरियाली

मेरी ठंडी पड़ चुकी देह पर

शोक प्रकट करने आई है
दिशाएं
बुलबुलों की शक्ल में
हवा के बगूले
उठा ले आए हैं
कुछ सूखी पत्तियां और
पारदर्शी धूल की दीवार
मैंने रंग तलाशे
जिनकी खो गई है पहचान
ना पेड़ हरे हैं
ना आसमान नीला
सुबह की धूप
नहीं पिघलती सोने सी
धुंध की हथेलियों में
अब नहीं दिखाई देती
चित्तीदार कोई काली पीली
तितली

सब कुछ वैसा ही है

जैसा

इतिहास के पन्नों से झांकता

दिखाई देता है

फिर भी

नहीं बचा कोई कोरा कागज

जिस पर बनाई जा सकें

कुछ शक्लें

जानवरों की

मोर की

खिले जंगली फूल

और टपकते महकते महुए की

मैंने रेत को पिघलते देखा है

आज की रात

डूबी है ख़ामोशी में

हर सांस

अंगड़ाई लेकर जाग रहे हैं

आग के पहाड़
और थरथरा रहा है
पानी की मानिंद
मेरे सब्र का इम्तिहान.

पद्मासिंह

"पहाड़ धरती नहीं हो सकता"

धरती को रौंद कर
पहाड़ और ऊँचा हो गया
ख़्वाहिशें करता है
आसमान छूने की !
सीधी सपाट है धरती !
पहाड़ नहीं होता
धरती सा !
धरती
गर्भ में छिपाती है
कच्चे पक्के बीज !
फलती फूलती है
वह उलीचती है
खुशबू !
पालती पोषती है

केशर क्यारियाँ

और
बांस के भुतहा वन

एक साथ!

धरती उठाती है

पहाड़!

पहाड़
धरती नहीं हो सकता!

पद्मासिंह

"कोखजायी"

बह रही थी नदी आग की

जलती छाती में

समंदर रेत का था!

बोझिल थी हवा और

मौसम में खुश्की!

जब

धरती पर मैंने

पहली सांस ली थी!

एक मां के सपनों की हकीकत!

मैं टुकड़ा थी

उसके जिगर का!

चांद सी बेटी की ख्वाहिशें करती मां!!

आकाश की तरह छुपाए थी, चांद!

सूरज!

झील !

अंधेरा उजाला!

और अंतहीन विस्तार!

रोशनी के बहाने

उसे धकेल दिया था

अंधी गुफा में !

आसमान की चीख़ से डर कर

जब

खामोश हो गई थी गौरैयाँ!

शामिल थी उसमें

एक और चीख़

मां की !

मेरे वजूद को नकारता

मेरा पिता !!

कच्ची नींद से झिंझोड़कर

जगाए गए बच्चे सा

बौखलाया था !

सपनों के टूटने से खीझा

अपनी तो किस्मत ही फूटी है!

कह कर

पैरों से दरवाजा ठेलता

चला गया इस तरह

गोया

भटक गया हो रास्ता

सुलगती चट्टानों के जंगल में!

अपनी संपूर्ण तरलता के साथ

समुद्र झिलमिलाया

मां की आंखों में!

और फिर

डर बनकर

घुल गया था मेरे वजूद में!!

अंधेरे से उजाले में आकर भी

हैरान थी मैं!!

कोई नहीं मुस्कुराया था!

कोई भी तो नहीं!

जब
धरती पर मैंने
पहली सांस ली थी!!

पद्मासिंह

"पत्थर होने का शाप"

कयामत की थी वो रात
जो भस्म कर गई उसे
शाप की तरह

उसकी चीख़ों से नहीं फटा
आसमान का कलेजा
दरकी नहीं धरती की छाती

बादलों की चीख में
समा गई उसकी चीख
दहशतों के जंगल में
अकेली थी वह
जब अजदहे निकल आए थे
दसों दिशाओं से

रोशनी कहीं नहीं थी
और धाड़ें मार कर
रो रहा था आसमान

कोख बन कर
जनमने का सियापा करती
वह किरचों में होती रही
लोटपोट

उस रात
बड़ी खामोशी से
गुजर गया था
देश का संविधान
सशस्त्र पहरे में
बहुत करीब से.

"बसंत के इंतजार में"

धरती के किसी भी छोर तक

पहुंँच जाए तू

फिर भी

नहीं है इतनी जमीन

कि टिक सकें जिस पर

तेरे थके हुए पैर

नहीं है इतनी ठंडक

ठंडी हो सके छाती तेरी

ना ही कोई नदी इतनी भरी

कि बुझा सके प्यास

घूमती रहे तू

।अपनी ही धुरी पर

कुम्हार के चाक सी

खड़ी रहना है तुझे ही

पतझड़ का पेड़ बनकर

बसंत के इंतजार में

"सिर्फ राख के रंग का नहीं होता आसमान"

सीढ़ियां होगी कहीं
धरती पर
उतर जाने को
इसी उम्मीद में
रख दिए पांव मैंने
धँसी हुई दीवार पर!
हौसला है
धरती को छूने का
हाथों में उम्र लिए
मैं गिन रही हूं
शक्लें दीवारों की
वे प्रकट हो जाती है परछाई सी

कदम दर कदम
कँपकँपाता है शोर
बदलने लगता है फिर
रेत की किरकिराहट में
गूंज़ने लगता है सन्नाटा
दसों दिशाओं में
आंखों के दायरे में
नहीं है कहीं
समतल धरती !
पानी का बहाव
हवा का मूड परखने में भूल गया कि
आसमान नीला भी होता है
सिर्फ राख के रंग का नहीं!

पद्मासिंह

"दीवार हूं मैं"

दर्द और दीवार का

कोई ना कोई रिश्ता होता होगा

जब चोट पड़ती है

चुपचाप दर्द सहती है

दीवार
दिखाई नहीं देता

इस पार से

वही सब ढकना है

खड़े रहना है खामोश

कहते हैं

दीवारों के कान होते हैं

तो क्या दिल नहीं होता होगा

जमाने भर का गम

पत्थर की छाती पर

झेलने वाला दिल
दीवार की शक्लें
बदलती रहीं हर सदी में
फिर भी
कायम है अब तक
रिश्ता
दर्द से दीवार का.

"धोखा"

हम खुद से ही छुपने की

कोशिश करते हैं

निरर्थक

सर्वश्रेष्ठ दिखने की

होड़ करते हैं

हाँफते हैं

थकते हैं

मरे जाते हैं

हमारी चुक रही ताकत का

तमाशा

भला कोई क्यों देखे

टूटे जर्जर

हम कोशिश करते हैं

सबल दिखने की

और
कदम दर कदम
टूटते ही जाते हैं.

पद्मासिंह

"अधिकार"

जिसके पास

अधिकार है

वह समझता है

अलादीन का चिराग

रगड़ता है

बारंबार

धरती से

फिर

उम्मीद करता है

उस जिन्न की

निकलेगा जो धुएं से

और कहेगा

क्या हुक्म है मेरे आका

वह बदल देगा
पल भर में
धरती को आसमान में
और आसमान को
धरती में.

"उम्र के खरगोश होते दिन"

उड़ नहीं पाया वह

एक बार भी

आसमान तक

जाने कब

दौड़ते दौड़ते

हाँफने लगी उम्र

बेमतलब ही जी लिया वह

उन सालों को

जिनमें उग आते हैं पंख

वह कभी नहीं जान पाया कि

सूरज के उगने और ढलने के वक्त

कितना अलग अलग होता है

आसमान का रंग

अब तो उसे याद भी नहीं रहा

रोटी का भी रंग

हालांकि मिली रोज ही सिर्फ रोटी

जाने कब लगा ली

ऐनक पिता की

और शुरू हुआ सिलसिला

दिन दिन भर पार्क की बेंच पर

चुपचाप बैठने का

और देखना हम उम्र दोस्तों को

वह हिचकियां लेकर

याद कर रहा है

अपने बेमजा सफर को

जबकि अब बची ही कहां है

हाथों में पकड़

कि कैद कर ले

उम्र के खरगोश होते दिन.

"निगलने लगता है शून्य जब"

आधी रात की खामोश चादर

लिपट जाती है ठंडे वजूद पर

कफन सी

बजने लगती है

मातमी धुन

हवा में !

स्वप्न के ताबूत में सोई सांसें

उतरने लगती हैं आहिस्ता से

उम्मीदों की कब्रगाह में!

बाँस के झुरमुट से

प्रकट होती है

अचानक

अनचीन्हे डर की थपथपाहट!

हजार हजार हाथ

बेजान माटी के पुतलों के

हरकत करने लगते हैं

बेहताशा वहशीपन में

जब

गाफिल रहते हैं नीम बेहोशी में

धरती के बाशिंदे

और आसमान पर चांद सितारे

कंपन नहीं होता नदी में

छिप जाती है मछलियांँ

घोंघे और सीप

अतल तल में चुपचाप!

आधी रात के सन्नाटे में

जंगली जानवर की गुर्राहट सा

शून्य

मुंह फाड़कर झिंझोड़ने लगता है

मेरे भीतर

अभी-अभी जन्मी
ताकत!
उड़ने लगती है ऊष्मा
मेरी गर्म हथेलियां से
हिचकियों में अटकी
पत्थर की आंख
पिघलती है धूप में
ओस सी!
हवा का गीत गाती
मौसम का बौरायापन समेटती
बर्फ की आंच में
छाया सी हिलती
अट्टहास करती है
मेरी अपनी ही प्रेत छाया
रात की चुप्पी में.

"हाशिये पर टिकी है कायनात"

कल की तारीख में
मरने से बेहतर नहीं होगी
जिंदगी!
जिएंगे शर्तों पर कुछ इस तरह
कि बाढ़ खींचकर
फलने फूलने की उम्मीद!

बच्चों के सामने
परोसे जाने लगे सपने
और बड़ों के सामने नक्शे!
चौपालों पर सज गई शतरंज
सियासी चालों में फंसने वाले
कल्लू पहलवान या
नुक्कड़ के मंदिर पर
भीख की दुकान सजाये

पर्वतिया ही नहीं है

आका हजूर की मेहरबान नजर

सर माथे से लगाने

उमड़ रही है भीड़

जिसके पास हैं खाली पेट

और बालू के मकान!

औरत की अस्मत

दुश्मनी की धार से

चिन्दी चिन्दी करते

शर्मसार नहीं होते

होरी के वंशज

हवा में अटका है पुल

इस पर गहराने लगा है अंधेरा

उस पार जाने से डरता है मन

पिंजरों में बंद है गगरोनी तोते

काट दी है बुलबुल की जुबान

हाशिये पर टिकी है

सारी कायनात !

आएगा फिर बसंत

इसी इंतजार में अटका है

धूप का वह टुकड़ा

आंगन के कोने में

हमेशा की तरह!

“तुम्हारी याद”

तुम्हारी हंसी
हरसिंगार के झरने सी
छूती है मेरी देह
अनवरत!
तैरती हो तुम
प्रार्थना के शब्द बनकर
घुल जाती हो सूने आकाश में!
रात के पिछले पहर बरसी
बरखा की ठंडक सी
तुम गंँध हो सोंधी माटी की
समाई हो
तन मन के सूने में
लगातार बजते घन की
धमक के बीच
तुम झरती हो रेत पर

चांदनी सी
मेरी प्रेयसी नहीं हो तुम
ना ही मेरे गुजरे वक्त का एहसास
हम नहीं बैठे कभी
पास पास!
गूनगुनाए नहीं मैंने
एकांत में
गीत तुम्हारी यादों के
बगैर इन बहानों के
जब सलवटें पड़ती हैं
धरती के माथे पर
और घूरने लगती हैं
कई कई आंँखें बिल्लियों की
ऐसे ही बद् वक्त में
आ जाती है
तुम्हारी याद
कबूतर के पंखों सी.

पद्मासिंह

"धारदार वक्त"

आवारा कुत्ते सड़क के

गुर्रा रहे हैं गली में

धूल उड़ाते

तौल रहे हैं

दम खम अपने

सड़क

देख रही है हैरानी से

बाजीगर का तमाशा

हवा में झूलती रस्सी

पापी पेट का सवाल

निठल्लों की भीड़

बावजूद इन सबके

पसरा है खालीपन !

सूखे चमड़े सा दिन

लटका है हवा में
किसी बेसुरे साज सा
बज रहा है मौसम
और जला जला सा है
माटी का सौंधापन
फूल बदलने लगे हैं
आहिस्ता से
भिंचे जबड़ों वाले दैत्यों में
ऐसे में
चुपके से आ गया है गली में
वह बच्चा
मां से छिपकर!
उसे नहीं पता
बच्चा होना कितना खतरनाक है
इन दोनों
जबकि तौल रहा है हर ठूंठ
काठ के हाथों में थमी

अभी-अभी शान पर चढ़ाई
चमचमाती धार!

"बना सकते हैं पुल"

एक छोटी चिड़िया

पौ फटते ही

पर फैला कर

उड़ती है धरती से ऊपर!

हम बंद कमरे में

चक्कर काटते हैं!

खिड़कियां खुलेंगी

इसी इंतजार में

दीवारें घूरते हैं

मानते ही नहीं हैं

कि हथेलियों और

नाखूनों की ताकत

पैनी होती है

औजारों से!

चाहें तो बना सकते हैं

पुल

समुद्र और आकाश के बीच

जैसे बनाती है

हर रोज

बिना नागा

एक छोटी चिड़िया!

"गुलमोहर"

मेरे बगीचे के गुलमोहर में
फिर आ गए फूल,
लाल गुच्छों में !!
अपने सारे अपनापे से,
वह जुड़ा है मुझसे उसी तरह,
जैसे पानी में थरथराहट,
आँखों में हँसी !
धूप और मौसम का बेगाना पन,
हरदम कहा उसने,
चुपके से कानों में !
जब किसी चिड़िया ने बात की,
आसमान की ऊँचाई नापने की,
वह पिता बन गया !!
साँझ ढले

पद्मासिंह

थकी चिड़िया
आ बैठी टहनी पर!
वह माँ का
रेशमी आँचल बन गया !!
साँझ के धूसर गालों पर
गुलाल मलता,
गुलमोहर !!
बुलाता है हरदम पास!
मुझे सहलाता है,
खामोशी में !!

"जरा सी गफलत में छिटकता सुख"

सुख दुख की जंजीर से
मैं छाँटती हूं सुख
फिर सहेज कर रख देती हूं
अँधे तहखाने में
रखती हूं हथेलियों में दुख
गिनती रहती हूं बार-बार
सुलगते अंगारे सा !

दर्द की कड़ियों में उलझी
खुद को दोहराती हूं
भूल जाती हूं

सहेज कर रखा है
सुख

तितली के पंखों की छुअन सा!

सुख याद नहीं करती

बार-बार दोहराती हूं

केवल दुख

यूं ही जरा सी गफलत में

छिटकता जाता है हाथों से

वक्त का कीमती हिस्सा

धूल में बिखरे अनाज सा

दर्द को दोहराने में!

"छोटी सी आरज़ू"

दोस्त से मिलकर
मैं खुश नहीं हुआ
अलबत्ता जताया यही
बहुत खुश हूं मैं
मेरे बगीचे के सारे फूल
कुचल देने वाला
मेरा दोस्त
शर्मिंदा नहीं होता
ठहाके लगाता है
मेरे हिस्से की शराब
अपने हलक में उढ़ेल कर
बड़ी मासूमियत से
खिलवाड़ करता है
मैं

खुद पर ही लानत भेजते

खिसियानी हंसी हंसता हूं

ऐसा नहीं कि मैं मूर्ख हूं

और मेरा वह दोस्त

अकलमंदी की मिसाल

दरअसल
जादू की छड़ी

मेरे दोस्त के पास ही है

बड़ी सहूलियत से जुटा सकता है

वह
एक अदद नौकरी

और
हरा वाला चश्मा

वह करवा सकता है

जानवरों को कवायद

पैबंद लगा सकता है

आसमान में

मेरी छोटी सी आरज़ू है

एक जोड़ी पंँख मिल जाएँ

बस !

फिर नहीं कहूंगा

दोस्त

तुमसे मिलकर बड़ी खुशी हुई.

"उस वक्त के इंतजार में"

आकाश से पाताल तक

फैले हैं पत्ते

पत्तों में फड़फड़ा रहे हैं

परिंदे

माटी के पुतले देख रहे हैं

तुम्हारी सदाशयता

और विनम्रता के पार

चटकती बेईमानी और

बेशर्म चालबाजी

तुम्हारे पास है सपनों का पेड़

मुसाफिर आते हैं छाँह में

वे नहीं जानते

कि पेड़ में फल नहीं लगते

कायरों का नाकारा पराक्रम

बरसता है आसमान से

हवा में हिलते फूल

समा जाते हैं जमीन में

रक्त सने चेहरे

घोंपते हैं खंजर

खेतों में

पहाड़ों से फिसलने लगी है

जानवरों की फौज

घोलने लगी है कालिख

नदियों में

मेरे हाथों में है

एक तख्ती

नहीं नहीं!!!!

कोई इबारत नहीं लिखी

बने हैं कुछ नक्शे

इन्हे छिपाना ही होगा

जंगल के कानून से

बैठा है अभी

लकडबग्घा
न्याय की कुर्सी पर.

"अपनी अपनी सलीबें"

मछलियों ने पी लिया है

समुद्र

काँटों में उलझ गए हैं

वादों और कसमों के

रेशमी नगर

थक गया है खरगोश

दौड़ते दौड़ते

कछुओं के रंग बदलने लगे हैं

शर्तों के हिसाब से

पानी उतना पारदर्शी नहीं रहा

कि जिस रंग में मिला दें

नजर आने लगे वही

थकी थकी है सूरज की हँसी

बादल उमड़ते हैं

फिर भी नहीं नाचता मोर

पर फैला कर

आकाश भर गया है

प्रश्नों की चिंगारियों से

जमाना नहीं रहा अब

सितारों से सरगोशियाँ करने का

चाँद की आवाज में

किसी भग्न हृदय प्रेमी की बेजारी

साफ सुनाई देती है

इस दुनियाँ के बाशिंदों ने रचा है

एक स्वर्ग अपने लिए

और समानांतर नर्क

दूसरों के लिए

वह कभी नहीं पहचाना जाता

अलग अलग

सिवा इसके कि

अपने अपने घरों के

कील ठुके दरवाजों से कोसते

एक दूसरे को

दोनों ही

खुद को खुश करने में

धरती को

सर पर उठाए फिरते हैं

वे

ढाई पग में

तीन लोक

नापने का दावा करते हैं.

"धरती से आसमान तक बिखरती औरत"

औरत
जिंदगी भर दर्द गाती है!

धरती की गोद में

बरसाती दूब सी

फलती फूलती

मां के आंगन में

संझा गाती है !

विदा के कुछ भीगे पल

आंचल में सहेज

डोली में बिठा

पराए आंगन में

पौधे सी रोपी जाती है!

जब हवा के साथ

बहकर आती है

माटी की ख़ुशबू

थरथराती हुई वह

जड़ से उखड़ने का

दर्द गाती है !

आसमान से फिसलती

बरसात
उफनती नदी की छाती चीर

औरत की चीख़ बन जाती है

सुलगती
ठंडी गीली लकड़ी सी

आंखों से उजाला करती

एक दिन

धरती की गोद में

चुपचाप सो जाती है!

औरत

जिंदगी भर
धरती से आसमान तक
बिखरने का दर्द गाती है!

"ईर्ष्या"

डसते रहे प्रश्न

हर पल

क्यों नहीं मिला मुझे

जो उसके पास है !

ओझल ही रहीं

मुझसे सीढ़ियांँ

हर बार

मेरा हर वार खाली

लगा नहीं कोई तीर

निशाने पर

घूमते
अपनी ही धुरी पर

मैंने सुनी नहीं

दस्तक
भोर की !

मुसाफिर बनाते रहे

रास्ते

मगर

उठे नहीं कदम

मेरे ही

किसी राह पर!

"साज़िश"

जब उसने जाल डाला

झील का पानी खौलने लगा था

सतह पर तैरने लगीं

मुर्दा मछलियांँ

घबरा कर भागा वह

अराजकता मची थी

जंगल में!

शेर के खिलाफ़

षड्यंत्र रच रहे थे खरगोश

चौकन्ने थे शेर के भी कान

लोमड़ी और सियार

चल रहे थे चालें

दरख़्तों पंछियों और गिलहरियों के खिलाफ़

वे हवा को

कानूनी शिकंजे में जकड़ने की नाकाम कोशिशें करते

छिपा रहे थे

हर तरफ

आग

"चट्टान बनने तक खड़े रहना है उसे"

एक चट्टान रख दी जाती है

सीने पर

जब जन्म लेता है

उसका वजूद!

एक लंबी उम्र

जाया करनी पड़ती है

यह समझने में कि

परछाइयां

उछाली नहीं जाती

गेंद की तरह

खेल ही खेल में!

वह हाथ बढ़ाता है

खेलने आग से

नदी में उतरने

और जूझने
जंगल के वहशीपन से!

अपने-अपने हथियार लिए
बड़ी मासूमियत से
घेरते हैं उसे
नदियांँ
खाई और ज्वालामुखी!
सुना दिया जाए
रट कर बारहखड़ी सा
और जा खड़े हों
अगली पंक्ति में
इतना आसान नहीं है
फलसफा
रेट से चट्टान बनने का!

"करतबबाज"

टकरा रहे हैं ज़िस्म,

शब्दों की दीवार से!

घूम रहा है सत्य,

लगातार,

गोलाई में !!

सो गया है बहेलिया,

जाल बिछा कर!

रेत की नदी में

सर गड़ाए,

भय से दुबके हैं

पँछी!

दिन और रात के बीच

तन गई है रस्सी !!

भाग रही है सरपट,

अटकलों की परछाई!!

लो!!

फिर शुरु हो गया,

खेल!!

उतर गया है

करतबबाज

मौत के कुँए में!!

"बस अब और नहीं"

धरती की तरह
तपती है औरत!
प्यास के रेगिस्तान में
लिजलिजी हथेलियों से
मछली से फिसलती
तिनके बटोरती है
आग के घर से!
माथे की सलवटो में
सिमटा है
भूत, वर्तमान
और भविष्य!
हथेलियों की गहरी दरारों में
लिखा भाग्य
बाँचा नहीं गया कभी
किसी नजूमी से!

एक सूखी नदी
समा गई है समूची
उसकी देह में !
निचाट अकेले
दिन और रात की भट्टी में
झोंकी जाती
वह जानती है
कि बने रहना है उसे ही
एक साथ
तितली
फूल
आग
और धारदार चाकू !
मोम की तरह पिघलने की
भूल
उसे खड़ी नहीं रहने देगी
पूर्ववत !
वह खुरच देगी

अब
दीवारों पर लिखा नाम
वह मिटना नहीं चाहती
उखड़े हुए प्लास्टर के साथ!
वह थरथराना चाहती है
पानी पर!
हवा में घुल कर
बहना चाहती है
धरती से आकाश तक!

"अनवरत फेंके जाने का दर्द"

हर रोज

फेंके जाने की पीड़ा भोगती

मैं गिर रही हूं

आसमान से !

लगातार
उछाली जा रही हूं

हवा में

गेंद सी !

आंखें बंद कर

उलटी दिशा में चलती है

हवा
वह काटती है

जंगल पहाड़ और आवाज़ें !

सितार गूंज रहा है

नदी की गहराई में

परिंदे नाप रहे हैं

कोटर की गहराई

वे तलाश रहे हैं

पत्तों में सूराख!

निरापद एकांत की

प्रतीक्षा में

वे खामोश हैं!

रात के पिछले पहर ने

सी दिए हैं होंठ

मेरे!

अपनी ताकतवर आवाज़ बिखराने

और हथेलियां से

बादल के टुकड़े को थामने का

जघन्य पाप किया था मैंने!

सजा- ए- मौत!

अनवरत

फेंकी जा रही हूं
मैं
धरती
और
आसमान के बीच!

"हँसती हैं तस्वीरें"

पपड़ियों से ढकी दीवार पर
टंगी हैं तस्वीरें
भद्‌दी और बेरंग
आईनों का मखौल उड़ाती
वे मुर्दा होकर भी
फटकार रही हैं चाबुक

साहस नहीं है कि
उतार कर फेंक दें उन्हे
दीवार से

यूँ भी
अच्छी लगती हैं
खाली दीवारें भी

उन तस्वीरों के बिना

जिनमें बाकी नहीं बचीं\

जरूरी रेखाएँ

फ्रेम और

बेदाग शीशा

दीवारें सजाने का

इतना ही शौक है

तो चलो टांग दें

अपने-अपने खोल

जिरह बख्तर

मुखौटे
और
"मैं"

"परछाइयों का दरख्त"

रात को तारे तो नहीं गिने मैंने

चुपचाप आंखें मूँद कर

नींद के वक्त

रास्ता देखा

धीरे-धीरे खामोशी में

डूब जाने का !

मैं हर रात

ख्वाब देखा

अंधेरे समुद्र में

डूबने उतराने का

उस वक्त

खिड़की से उतर आती थी

दूधिया चांदनी

तलाशने लगती थी

पैनी आंखों से
मेज के फड़फड़ाते पन्नों में
कुछ धुले पुँछे मौसम
और अनचीन्हेअक्षर !
मेरे सपनों में पहाड़ आते
मगर आकाश नदारत
पता नहीं ऐसा क्यों होता
दूर तक जंगल ही जंगल
पेड़ों का नामो निशान तक नहीं !
पानी अगर आता था सपने में
डुबोने लगता था
भीगने के एहसास से परे
भय से सिहराता था
सांसों को मुट्ठी में भींचता !
हर लंबे निरर्थक
दिन के बाद
अंधेरे खँगालता है

मेरा वजूद!

चिपटा है प्रेत बाधा सा

परछाइयों का दरख्त

कर रहा है रक्तपात

शनै: शनै:

मेरी जिजीविषा का

पद्मासिंह

"नीड"

चिड़िया उड़ती है
आकाश में
परों को तौलती

असीम विस्तार में
सपनों का स्वर्ग रचती!

दूर
घोंसले से रहकर भी
भूलती नहीं है वह

साँझ को
घर लौट आना !

"अलविदा अंधेरा"

समुद्र उफन रहा है मुझ में
बहा ले जाएगा
एक दिन
चट्टानों के जंगल!
फिर आ गई बहार
अमलतास में
भर गया आकाश
छोटी बड़ी चिड़ियों से!
गुनगुनाने लगी है धूप
छत के सूने में!
आने लगी है आवाज
झरनों की सांसों
और मंदिर की झाँझों की
गूंज रही है

थपथपाहट
नन्हे कदमों की!

अभी-अभी सूरज ने कहा अलविदा

रात के आखिरी पहर से!

"चुप्पी की चीख"

कुछ ना कह पाने का दर्द
कुनकुनी धूप में भी
सुकून से कोसों दूर कर देता है
चुभती हुई सर्द हवाओं में भी
हम भूल जाते हैं
दरवाजों और खिड़कियों को बंद करना
हम मौसम के वीरानोंसे बेखबर
अपने ही वीरानो में खोए रहते हैं
चुप्पी साध लेते हैं कुछ इस तरह
मानों फर्क ही नहीं पड़ता हमें
चीख़ों और कराहों के बढ़ते शोर से

प्रश्न उगते हैं
और हम तालों में बंद हो जाते हैं

कुछ जुड़ रहा है
कुछ घट रहा है
तनाव फैल रहा है धुँऐ सा
खामोशियों में भी
बुदबुदाहट सी सुनाई देती है
वक्त का पहिया उल्टा घूमने लगा है
फिर भी हम हाथ मलते
लाचारी की आड़ में
खड़े रहते हैं चुपचाप

दर्द से ऐंठते जिस्मों से मुंह फेरते
आंसुओं के कतरों से अजनबी बनकर
हम जिंदा लाशों में तब्दील होते जा रहे हैं
फूलों की रंगत और चटकीली धूप भी
जगा नहीं पाती हमारी खोई हंसी
इस जड़ होते जा रहे समय में
हम सिर हिलाते हैं कठपुतली से

कदम बढ़ाते हैं गिन गिन कर
फिर लौट आते हैं
अपने अपने दायरों में
अपने ही अंधेरों में घिरे
हम भूल गए हैं
स्वप्न और हकीकत का फर्क

चलो अब छोड़ दें उन रास्तों को
जो भ्रमित करते हैं
अपने घुमावदार मोड़ों से
मगर पहुंचा नहीं पाते
किसी मंजिल तक
वे बार बार हमें वहीं पहुंचा देते हैं
जहां से हमारा सफर
शुरू हुआ था!

पद्मासिंह का संक्षिप्त परिचय

1. म.ए.हिन्दी साहित्य प्रावीण्य सूची में सर्वप्रथम।(स्वर्ण पद क)
2. कला संकाय की प्रावीण्यसूची में सर्वोच्च स्थान (एक स्वर्ण व दो रजत पदक)
3. UGC नईदिल्ली द्वारा विशेष रूप से सम्मानित(1975)
4. मध्यप्रदेश लोकसेवा आयोग से प्राध्यापक चयन सूची में प्रथम स्थान पर.
5. सन्1976 से सन् 2008 तक मध्य प्रदेश शासन के उच्च शिक्षा विभाग में प्राध्यापक पद और विभागाध्यक्ष पद पर कार्य।
6. 2008 में प्राचार्य के पद पर पदोन्नति।शासकीय महा0 में कार्यरत रही हैं।
7. फरवरी2007से सितम्बर2012 तक प्रतिनियुक्ति पर "देवी अहिल्या विश्वविद्यालय इंदौर में तुलनात्मक भाषा एवं संस्कृति अध्ययनशाला " की निदेशक(Director) व विभाग प्रमुख।
8. "प्रौढ़ शिक्षा अध्ययन शाला" के निदेशक का अतरिक्त प्र भारऔर विभाग प्रमुख ।

9. अनेक विश्वविद्यालयों में "हिन्दी अध्ययन मण्डल" की "विषय विशेषज्ञ" रही हैं

10. अपने कार्यकाल में आपने भाषा विभाग में * हिन्दी, *अंग्रेजी संस्कृत और उर्दू विषय में एम. फिल., पीएच. डी. और डी. लिट्. के पाठ्यक्रमआरंभ करवाए।

11. देवी अ.वि.वि. के तुलनात्मक भाषा विभाग में स्नातकोत्तर स्तर पर "प्रयोजनमूलक हिन्दी" विषय में एम. ए. और "अनुवाद विज्ञान" के नए पाठ्यक्रम U.G.C.नई दिल्ली से स्वीकृत करवाकर शुरु करवाए।

12. भाषा अध्ययन शाला में "फ्रेंच" व "जर्मन "भाषाओं के नए कोर्स शुरु करवाए ।

13. देवी अहिल्या विश्वविद्यालय इंदौर में हिन्दी", "संस्कृत", "पालि" और "प्राकृत" विषय के "अध्ययन परिषद" की 6 साल तक निरंतर "चेअरमेन "और पाठ्यक्रम निर्धारण हेतु केन्द्रीय अध्ययन मण्डल भोपाल की सम्मानित सदस्य रही हैं।

14. इंदौर में " तुलनात्मक भाषा और साहित्य " तथा "पालि प्राकृत,संस्कृत व हिन्दी भाषा और साहित्य" के "अध्ययन परिषद "की भी 6 वर्ष तक " चेयरमैन" के पद पर रही हैं।

15. अनेक राष्ट्रीय और अन्तर्राष्ट्रीय साहित्य संगोष्ठियों में अतिथि व अध्यक्ष के रूप में आमंत्रित रही है

" सम्मान"

- मध्य प्रदेश साहित्य अकादमी सम्मान (2017)
- श्री अम्बिकाप्रसाद दिव्य स्मृति प्रतिष्ठा सम्मान*(16-17)
- .एन.सी. ई .आर. टी• दिल्ली का 30वाँ राष्ट्रीय बाल साहित्य कार सम्मान"प्रसिद्ध लेखकगुलजार,द्वारा(98-99)
- रवीन्द्रनाथ टैगोर जन्म शताब्दी "स्वर्ण पदक"--(1975)
- *आर. सी. जाल लोक परमार्थिक न्यास "स्वर्ण पदक" (1975)
- न्यू यूथ सोशल ग्रुप इंदौर"सरस्वती पुत्री साहित्य काव्य सृजन सम्मान"-(11 जन.1998)
- अन्तर्राष्ट्रीय महिलावर्ष में इंदौर विश्वविद्यालय द्वारा 1 5 अगस्त 1976 को सम्मानित ।
- "देवी श्री अहिल्या बाल साहित्य सृजन सम्मान" कानपुर-(2005).
- "मीरा अग्रवाल स्मृति सम्मान"
- बाल कल्याण एवं बाल साहित्य शोध केन्द्र, भोपाल (2011)
- दसवां राष्ट्रीय बाल साहित्य पुरस्कार "श्री ओंकारलाल स्मृति साहित्य सम्मान"

- "सलिला संस्था "सलुम्बर राजस्थान द्वारा (2017) ,"श्रीधर जोशी विचार मंच"का "मालव मयूर सम्मान", सुशीला मिश्रा स्मृति साहित्य सुनिधि सम्मान"।

- 2022,"लिटरेचर फेस्टिवल 2023 का "साहित्य सुधि सम्मान"

- मातृभाषा उन्नयन संस्थान का "भाषा सारथी सम्मान" 2023

- "सत्कार कला केंद्र "इंदौर म.प्र. का प्रतिष्ठित सम्मान"देवी अहिल्या नारी गौरव अलंकरण2024"

- छतीससगढ,नागपुर,हिन्दीअध्यन परिषद की मानद सदस्य और विषय विशेषज्ञ व अनेक विश्वविद्यालयों की पी.एचडी.परीक्षक रही हैं। राजस्थान विश्वविविद्यालय द्वारा "प्राध्यापक चयन परीक्षा"प्रथम श्रेणी पद हेतु साक्षात्कार के लिए *विषय विशेषज्ञ "*के रूप में आमंत्रित।

- "मध्य प्रदेश लोकसेवा आयोग में हिन्दी विषय की ""परीक्षक" व प्रश्न पत्रों की "मॉडरेटर"।

Ph.D निदेशक.हिन्दी-

16 छात्र पी.एचडी.कर चुके हैं। एम. ए.और एम.फिल .में लगभग 250 विषयों पर शोधकार्य कराया है ।

अनुवाद निर्देशन-

विद्यार्थियों ने संस्कृत और अंग्रेजी भाषा से हिन्दी भाषा में 7 पुस्तकों का अनुवाद किया है।

- अनेक शोध अालेख, समीक्षाएं, कहानी, संस्मरण, ललित निबंध आदि अनेक साहित्यिक पत्रिकाओं में प्रकाशित हो चुके हैं।
- आपने 4 नृत्य नाटिकाएँ लिखी हैं।जो प्रसिद्ध नृत्यांगना प्रो.डॉ. सुचित्रा हरमलकर के निर्देशन में मंचित हो चुकी हैं।

  (अभय प्रशाल व डेली कालेज, इंदौर में मंचित)
- हिन्दी लघुकथा साहित्य में प्रयोगधर्मी चुनौतियाँ" विषय पर राष्ट्रीय संगोष्ठी की निदेशक रह कर एक शोध पत्रिका का प्रकाशन व सम्पादन किया है। (2000)
- प्राचार्य पद पर रह कर पीथमपुर के शा.महाविद्यालय में दो वर्षों तक "विचार वीथिका" और "संचरण" शीर्षक से विद्यार्थियों की सहभागिता के साथ दो "हस्तलिखित" कला और साहित्य की "पत्रिकाओं का सम्पादन " किया ।
- 45 वर्षो से इंदौर की साहित्यिक संस्था श्री मध्यभारत

  हिन्दी साहित्य समिति' से जुड़ी हैं और "साहित्यमंत्री", "प्रकाशन मंत्री" "शोध मंत्री" जैसे महत्वपूर्ण पदों पर कार्यरत रही है।

विभिन्न सामाजिक संस्थाओं द्वारा सम्मानित-

"क्षत्राणी संगम क्लब," "राजपूत क्लब", "राष्ट्रीय नेत्र सुरक्षा संस्था" , "स्टेट बैंक अॉफ इंदौर" , "रोटरी क्लब", "लायंस क्लब",

- "भारत संचार निगम", "प्रेरणा क्लब ", "अखिल भारतीय विद्यार्थी परिषद "आदि अनेक संस्थाओं द्वारा सम्मान।

- साहित्यिक पत्रिका"वीणा" की " प्रबंधसम्पादक" और डॉ.परमेश्वरदत्त शोध संस्थान' की "शोध मंत्री " रही हैं ।

- वर्तमान में 113 वर्ष प्राचीन साहित्यिक संस्था"श्रीमध्य भारत हिन्दी साहित्य समिति इंदौर" के "साहित्य एवं संस्कृति मंत्री" के पद पर कार्य कर रही हैं।

- देवी अहिल्या विश्वविद्यालय के ई. एम. आर. सी. विभाग के सहयोग से इंटरनेट के द्वारा हिन्दी साहित्य के विभिन्न प्रदेशों के छात्रों के लिए" सीधे "साहित्यिक पाठ्यक्रम प्रसारित किए हैं ।

- वीणा' पत्रिका में आपने साहित्यकारों पर केंद्रित- "हमारी विरासत" शीर्षक से एक वर्ष तक स्तंभ लिखा है।

- सम्पादित पुस्तकें विश्वविद्यालयों के हिन्दी साहित्य और भाषा के पाठ्यक्रमों में शामिल हैं ।

- विश्वविद्यालय की हिन्दी अध्ययन परिषद एवं पाठ्यक्रम समिति के अध्यक्ष पद पर रहते हुए "मालवी भाषा" को पहली बार विश्वविद्यालय के स्नातक पाठ्यक्रम में शामिल करवाया है।

- बी.ए. तृतीय वर्ष के हिन्दी पाठ्यक्रमों के लिए साहित्यकारों की रचनाओं का चयन कर स्नातक पाठ्यक्रम की तीन

पुस्तकों का सम्पादन किया है। (1) मालवी भाषा और साहित्य, (2) हिन्दी एकांकी, (3) निबंध एवं अन्य विधाएँ।

- प्रकाशित पुस्तकें- नृत्य नाटिकाएँ -
  (1) शिल्पी (2) समुद्र मंथन, (3) घन बरसे ,
  (4) बूंद बूंद अमृत

- प्रकाशित कविता संग्रह :

- शब्द की हथेलियों में , फूलों को खिलना है

- "एक सूर्य मेरे भीतर "

- "झरते रहेंगे शब्द जब तक"

- "खिलेंगे फिर राख के बीच से ""कलम उगलती आग " (7)
  "सार्थक कविता की तलाश में "

- "पद्मासिंह की कविताएं" (125 कविताएँ)

- FRAGRANT FEELINGS (Translated)

  निबंध संग्रह :

  "आत्म चिंतन में जगत दर्शन"
  " हवा में तैरते दर्द के खामोश अफसाने"

200 से अधिक समीक्षाएं, निबंध ,कहानी, कविताएँ ,संस्मरण -

- साक्षात्कार प्रतिष्ठित साहित्यिक पत्रिकाओं में प्रकाशित हैं,
- (1) समकालीन भारतीय साहित्य, (2)वागर्थ (3)साक्षात्कार,(4)दस्तावेज,(5)गगनांचल, 6(माध्यम),(7)शीराजा,(8)अक्षरपर्व, (9)शब्दशिखर आदि में प्रकाशित हैं।
- कविताओं का अँग्रेजी और मराठी भाषा में भी अनुवाद हुआ है।
- दो निबंध संग्रह और एक समीक्षात्मक निबंध शीघ्र प्रकाशित!
- सन् 1970 सेअब तक आकाशवाणी एवं दूरदर्शन से कहानी कविता आलेख व चर्चाओं का लगातार प्रसारण होता रहा है।

डॉ.पद्मासिंह

पूर्व प्राचार्य एवं निदेशक

"तुलनात्मक भाषा एवं संस्कृति अध्ययन शाला"

देवीअहिल्या विश्वविद्यालय इंदौर

लेखिका परिचय

Padmasingh

Dr Padmasingh is a renowned poet in Hindi, currently 'Sahitya Mantri' of *Shree Madhya Bharat Hindi Sahitya Samiti,* in Indore M.P. India, and a retired Professor, Principal, Dean (Arts), Former Head of the Department of Language and Culture, Devi Ahilya University, Indore.

इन कविताओं में फुसफुसाती नितांत अकेलेपन की बात चिड़िया होने की तरह है तो मुखर स्वर भी हैं जो षड़यंत्रों की भाषा और इरादों को भांपता उजागर करता है। भीतरी और बाहरी सच्चाइयों को बेधक दृष्टि से कुरेदने की कोशिश में ये कविताएं समुद्र, पहाड़, आसमान, नदी, पेड़ पौधों, वनस्पति जगत सहित पशुओं, जीव जंतुओं और परिंदों को भी शिद्दत के साथ अपने में शामिल करती हैं

इन कविताओं में बसंत की प्रतीक्षा और रागात्मक धूप छांह का खेल भी है जो सपने देखने की जुर्रत का ही दूसरा पहलू है। पाठकों को इन कविताओं में स्त्री लेखन की वैसी आवाज सुनाई देगी जो मकड़जाल के महीन तिलस्म का भाष्य रचते हुए उसे ध्वस्त करने का सपना देखती है।" **--चंद्रकांत देवताले**

Dr. Padma Singh's poems are honest and revealing, reflecting an act of emotional liberation. They embody the painful experiences of all women who have been abused, Indian or otherwise. One might place them within the broader category of confessional poetry, exploring hidden themes in a traditional society.

They are not mere narratives but capture the voice of deeply felt emotions. She is a role model to other women.   - **Dr Gerald Cupchik**

www.ingramcontent.com/pod-product-compliance
Lightning Source LLC
LaVergne TN
LVHW041843070526
838199LV00045BA/1417
* 9 7 8 9 3 6 2 6 9 2 6 4 1 *